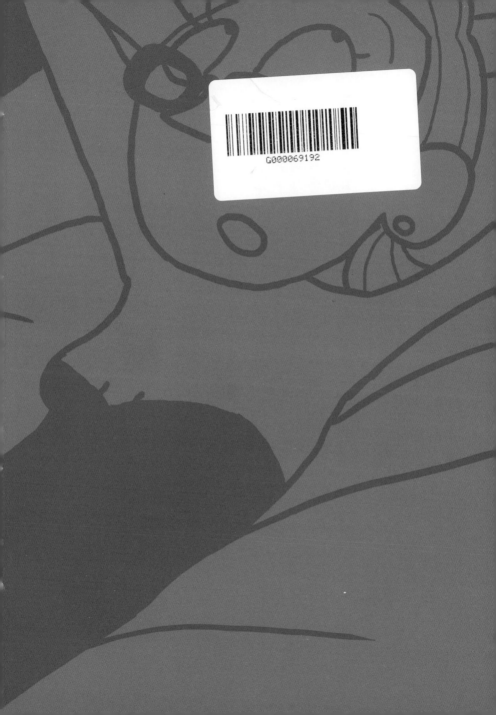

G000069192

Pénélope Bagieu

JOSÉPHINE

Jean-Claude Gawsewitch
Éditeur

Merci aux trois bonnes fées de Joséphine :
Gaëlle, Régine et Virginie

Achevé d'imprimer en mars 2010 en Espagne par
GRAFICAS ESTELLA
Dépôt légal 1re publication: mars 2010
Librairie Générale Française
31, rue de Fleurus – 75278 Paris cedex 06

Joséphine n'a pas l'esprit de compétition

Pénélope *

Joséphine revient de vacances le coeur léger

Joséphine retrouve son bureau

Salut Jo'

Salut Jo'

Ah, et n'insiste pas, tu n'as PAS de marques de bronzage.

Pénélope *

Joséphine met de l'ordre dans sa vie

Pénélope ✱

Joséphine a le sens de la famille

Joséphine s'est inscrite sur Meetic

Pénélope *

Joséphine consulte

...Si je mets ça sur le dos de mes parents?

Hmm...

Eh bien...

SOUPIR

J'imagine qu'ils ont fait de leur mieux...

Mais j'ai l'impression...

...d'être coincée dans un schéma d'échec!

Je reproduis CHAQUE FOIS les mêmes erreurs avec les hommes!

Je fais toujours tout pour que ça capote...

Je crois qu'inconsciemment, je m'interdis d'être heureuse...

...comme si je ne le méritais pas...

Mais je fais un gros gros travail là-dessus.

Je fais des progrès, non, d'ailleurs?...

Vous ne dites plus rien, vous en pensez quoi?

J'en pense que vous pourriez peut-être vous payer un vrai psy.

Parce que moi, pour 30 euros, je fais que les pieds.

Pénélope *

Joséphine est scandalisée

Pénélope *

Joséphine n'aime pas Halloween

Joséphine investit dans un coach

Pénélope *

Joséphine a eu une dure journée

Pénélope *

Joséphine est une tante exemplaire

Joséphine n'aime pas parler d'argent

J'ai eu des appels pendant mon dej?

.. Noooon... mais un nouveau sac, oui ...

Je croyais que t'étais "cooomplètement à sec"?

mmmm de quoi? Ah ÇA!... Non non c'est un vieux machin, ça...

Tu m'étonnes que tu sois fauchée eh, il sent bon le tout neuf, t'as dû le payer une blinde!

hmm oui, bon, euh il est neuf c'est vrai!

Mais je l'ai payé une misère, il était soldé... euh... -70%!

... au moins!

Ho HO! Un ticket de caaaisse...

Aleoooors... Voyons voir ça, Cosette...

Rhâa

Mais

Mais

Gnnnn

Rrrrr

CRONCH CRONCH CRONCH

Pénélope *

Joséphine n'a pas de vie privée

Pénélope ✳

Joséphine ne peut jamais être tranquille

DRiiNG

DRiiiNG

DRiiiiNG

DRiiiNG

Ouais ouais j'arrive...

DRiiiiiNG

Un p'tit autographe contre un paquet !...
Ouh là, je vous tire du lit !

Pas du tout, non.
Je faisais ma gym, figurez-vous, bien que ça ne vous regarde absolument pas.

N'importe quoi !
Vous avez encore des cacas d'œil !
HA !

Pénélope *

Joséphine a toujours adoré Noël

Pénélope *

Joséphine n'a rien à se mettre

Pénélope

Joséphine ne perd pas de vue ses objectifs

Joséphine n'est pas une victime

Pénélope

Joséphine est de sortie

Pff...

Allez, quittons cette soirée miteuse...

Ah on n'y reprendra, tiens !

...Deux mecs potables qui se battent en duel !

On aurait mieux fait de se faire un ciné !

Bah ! On aura au moins dîné à l'œil...

Quoi, le cake mal décongelé, là ?...

Bonsoir, vous partez ?...

Non non ! On arrive tout juste !

Pénélope *

Joséphine est toujours là pour ses amis

Pénélope

Joséphine redonne sa chance au sport

Pénélope *

Joséphine est victime d'un complot

Et voilà!

Hum... Vous êtes sûre que c'est bien la taille du dessus? Je ne peux toujours pas le fermer!

Certaine, Madame.

Bon, eh bien à l'évidence, il va me falloir une taille encore au-dessus!

Malheureusement, pour les "tailles spéciales", nous devons les commander.

Pénélope

Joséphine et sa voix-off

OK Joséphine ne bouge plus! Tu la tiens, là, ta pose "sexy/nonchalante/l'air de rien" alors tu le laisses parler, tu ne gâches pas tout et tu la FERMES

TCHING!

Voiiiilà, quand il fait de l'esprit, tu peux ÉVENTUELLEMENT esquisser un léger sourire énigmatique, à peine plus que la Joconde.

Bon D'ACCORD tu ne vois rien sans tes lunettes, mais il ne manquera certainement pas cette petite œillade qui en dit long tout en preservant ton aura de mystère...

BAH MERDE ALORS! Il est VAAAACH'MENT bon, ton pinard, dis donc!

Pénélope *

Joséphine a le triomphe modeste

Joséphine pense à (presque) tout

Pénélope *

Joséphine est au-dessus de ça

Pénélope *

Joséphine se met aux fourneaux

Pénélope *

Joséphine pète la forme

Pénélope

Joséphine commence la journée du bon pied

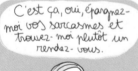

Pénélope

Joséphine est la perle rare

Pénélope ✳

Joséphine se métamorphose

Pénélope

Joséphine a le cœur brisé

Pénélope *

Joséphine est totalement en confiance

Pénélope

Joséphine est si proche de sa soeur

Enfin voilà ! Je l'aime beaucoup et on s'entend très bien.

Formidable ! Alors j'imagine que tu l'amènes dimanche chez les parents ?

L'EXPOSER À MAMAN ?! Tu veux qu'il me quitte c'est ça ?!

Ce n'est pas plutôt parce que c'est encore un de tes tocards ?

Pas du tout, figure-toi ! D'ailleurs, la semaine prochaine, il m'emmène en week-end !

Mamaaan...

C'est quoi "emmener en week-end" ?

C'est comme "emmener en vacances", mon trésor.

Mais en moins cher.

Pénélope *

Joséphine est une athlète de l'extrême

Joséphine est toute ouïe

Joséphine est entre de bonnes mains

Joséphine passe à l'heure d'été

C'est le rêve, ce temps!

...Juste ce qu'il me fallait pour partir du bureau plus tôt...

Mais tu dois crever de chaud, non, avec ton jean et tes bottes ?...

Nan ça va...

Allez Jo, c'est pas les petites robes qui manquent ! C'est bon, tu sais, l'hiver est fini, là!

Non, j'insiste. L'hiver n'est PAS fini.

Il finira mardi prochain à 19 heures.

...mardi prochain à 19 heures...?

Mon rendez-vous chez l'esthéticienne.

Pénélope *

Joséphine est extrêmement organisée

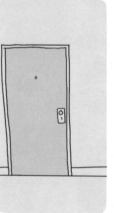

Pénélope*

Joséphine ne veut pas tuer le glamour tout de suite

Pénélope *

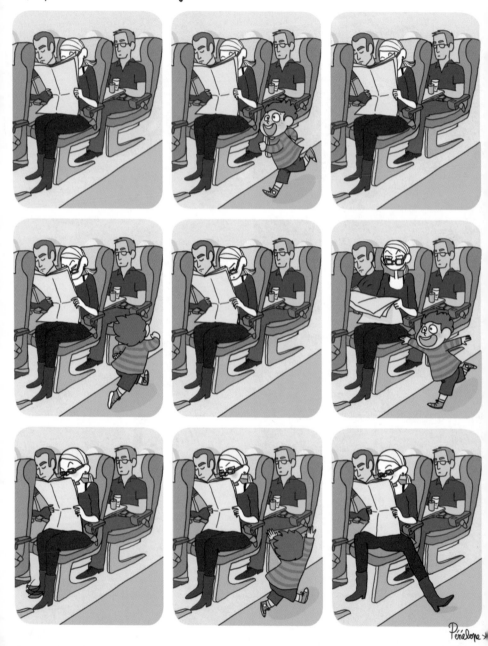

Joséphine a adoré son week-end romantique

...Ça te rend nostalgique, c'est ça ?...

Comme si tu ne remarquais pas que sur toutes les photos, j'ai l'air OBÈSE !

Pénélope ✱

Joséphine lutte contre la génétique

Joséphine joue à cache-cache avec sa nièce

Pénélope *

Joséphine ne se laisse pas faire

Voilà, si vous avez des questions, des demandes, c'est le moment.

hum... eh bien justement je...

— SOUPIR —

Oh pitiééé...

On t'écoute, Joséphine.

C... Ça fait bien deux mois que j'n'ai que des projets pourris, et que l'équipe de Gilles...

Et c'est parti...

QUE L'ÉQUIPE DE GILLES, disais-je, récupère tous les dossiers intéressants!

gnagnagna inégalité hommes/femmes gnagnagna

Bon, bon, j'ai bien compris la situation, Joséphine, tu as raison, ce n'est pas normal.

C'est d'accord. Tu intègres l'équipe de Gilles!

Voilà, c'est réglé. J'imagine que vous avez des tas de choses à organiser, maintenant...

...Alors je vais vous laisser vous mettre d'accord tous les deux, COMME DES ADULTES

C'est ta faute.

Non la tienne.

Non, c'est toi qui a commencé !

Non, Toi !

NON, Toi !

Toi toi toi toi toi

Chouchou !

Fayotte !

Pénélope *

Joséphine a comme un doute

Pénélope*

Joséphine veut en avoir le cœur net

Pénélope *

Joséphine a un détail à régler

Joséphine assume

Tu as fait le bon choix !

Mais si ! Je t'assure !

Tu savais que vous ne vouliez pas la même chose, et ça aurait toujours été un problème.

Tu as pris l'option difficile mais raisonnable.

Je suis plus très sûre... Je m'attache les mains pour m'empêcher de l'appeler... Pourquoi je l'ai quitté, déjà ?...

Parce que tu ne supportais plus de sortir avec une grosse bombe de sexe ?... Trop de pression ?

... D'ailleurs, si tu es sûre sûre que tu n'en veux plus...

Hu hu hu

... Il a toujours eu ce petit côté "hétéro pas très convaincu".

... enfin bref...

... retour à la case "pizza pour une personne".

Allez, Jo !

Souviens-toi aussi qu'il avait PLEIN de gros défauts !

genre ?...

Je crois me souvenir qu'il n'était pas du tout ponctuel, par exemple.

Pénélope *

Joséphine n'est pas d'humeur

Joséphine passe à autre chose

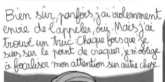

Pénélope *

Joséphine ne s'en tire pas si mal, finalement

Tu me connais, pourtant, Jo !
Je suis hyper compréhensive !
Mais alors là ! ... LA !!

Je sais plus quoi faire, moi, avec ce mec !...

Hmm hm...

Et puis alors maintenant qu'il a installé sa console de jeux à la maison, il vient se coucher deux heures après moi ! Sympa !

Waaaaaah

Ça et sa mère qui s'incruste à dîner deux fois par semaine, je suis patiente mais quand même !

QUAND MÊME, Joséphine, non ?!

Et encore ! Je t'épargne le récit de quand Monsieur pisse la porte ouverte au moment où j'...

Ça me bouleverse, ce que tu me racontes, mais là, mon chat est en train de s'étouffer avec une mouche alors je vais te laisser.

Accroche-toi, ça va aller, j'en suis sûre.

PFIOU !...

BIP

YOU'RE THE ONE THAT I WANT

YOU ARE THE ONE I WANT

OOH   OOH

OOOOH   HONEY!

Pénélope *

du même auteur :
Ma vie est tout à fait fascinante